Wolfgang Hermann

Das schöne Leben

Carl Hanser Verlag

ISBN 3-446-15095-1

Gesamtherstellung: Hieronymus Mühlberger, Augsburg
Printed in Germany

Die minimale Welt

Bäume

1

Der Eukalyptus wächst an zugigen, trockenen Orten, er liebt den Wechsel von Licht und Schatten und den kleinen Wind. Sein Stamm trägt vier Farben: Rot, Grau, Blau, Grün. Das Frankreich des 19. Jahrhunderts liebt ihn. Man stellt ihn in Gärten, errichtet seinetwegen Landschaften, pflanzt ihn unter gläserne Kuppeln. Seine Blätter sind sehr lang und reichen manchmal bis zum Boden. Seine Früchte sind hart und man sieht nicht, wozu man sie verwenden soll.
Bei starkem Wind meidet man ihn. Es ist bekannt, daß seine schweren Äste unverhofft abbrechen. Der Geruch seiner Früchte ist berühmt.

2

Anders als der Eukalyptus, der seine Leichenteile ohne Vorwarnung von sich wirft, ist die Pinie aus einem Stück und sehr lebendig. Wo sie steht, ist es trocken und heiß. Sie trägt grüne lange Nadeln, mit denen sie atmet und den Menschen abwehrt. In großer Hitze ertönt ein lautes Knacken, das von ihren aufspringenden Zapfen herrührt. Das Aufspringen der Zapfen legt eine Schatztruhe von wertvollen Nüssen frei.

Gelangweilt läßt die Pinie von Zeit zu Zeit einen ihrer Zapfen zu Boden fallen, er schlägt mit lautem Knacken auf und verteilt seine Nüsse. Kinder und Vagabunden, die sich von ihnen ernähren, eilen herbei.

3

Die Steineiche erreicht ein hohes Alter. An Härte überbietet ihr Stamm den Panzer einer Schildkröte. Sie hält sich gerne in der Nähe von Gebirgsbächen auf. Sie ist genügsam und verbraucht wenig Wasser. Zum Schutz gegen die Sonne sind ihre kleinen länglichen Blätter mit einer dicken Wachsschicht überzogen. Sie sind von großer Härte und machen dem Namen ihrer Trägerin alle Ehre.
Wird die Steineiche gefällt, versiegen alle Quellen der Umgebung und es beginnt eine lange Trockenzeit, in der große Feuer das Land verheeren.

4

Die Trauerweide markiert Dämme, Stellen des Übergangs, steht nah am Wasser und in feuchten Wiesen. Ihre Blätter hängen in dünnen Strähnen manchmal bis auf den Boden, oft in das Wasser eines Flusses. Erreichen sie den Boden, geschieht, was man Erdung nennt. Die Trauerweide steht immer in der Nähe einer Kindheit. Ihre zerzauste Krone ist der Flug eines Adlers und der Rachen des Krokodils.

5

Der Essigbaum bevorzugt die Nähe von bewachsenen Mauern, er benötigt nur wenig Erde und gedeiht selbst in den Hinterhöfen. Seine Blätter wachsen an langen dünnen Stäben, die eine Ähnlichkeit haben mit Antennen. Von ihnen stehen sie im rechten Winkel wie geschlossene Fächer ab. Im Blattwerk des Essigbaums bilden sich variable Zentren, von denen jedes als ein Drehpunkt, dabei dem Propeller eines Flugzeugs gleichend, Ordnung schafft. Jeder Drehpunkt ist ein rotierendes Zentrum, das die Blätter der Nachbarschaft zu einem Stern bündelt, der im Gegenlicht der Nachmittagssonne leuchtet. Die Sterne stehen in keiner festgelegten Ordnung und sind gegeneinander verschiebbar. So legen sich für Minuten Achsen in das Kreuzwerk der Blätter, ein dritter, ein vierter Stern kreuzt die Achse zweier anderer. Es kommt vor, daß in der Abenddämmerung mehrere Drehpunkte sich zu einem Sternbild verbinden, das Stunden später am Nachthimmel erscheint.

Läufer

Am Rand des Teichs hocken Enten, die Köpfe mitten im Gefieder. Über die Spiegelfläche des Wassers bewegen sich matt schimmernd wie Lampions die Farben der Menschen. Der Wind trägt vier helle und sechs dunkle Glockenschläge über den Teich. Murmelnd gehen Zwei durch die Allee. Aus dem kleinen Wald dringt der Schrei eines Zugvogels. Bei Aufkommen des Winds sammeln sich die Enten. Die Brücke queren zwei leichte Sommerschuhe. Das schwer arbeitende Herz eines Läufers passiert den Grenzstein.

Das Schloß

Der große Teich liegt im südlichen Drittel des Parks. An der Landspitze steht ein Tempel. Von einer Kuppel beschwert, steht in seiner Mitte ein marmorner Stein, den keine Skulptur krönt. Ein Wald trennt den großen Teich von dem langen schnurgeraden Kanal, der in einem Becken mündet. Zu beiden Seiten des Kanals säumt eine Allee von Nußbäumen einen kiesbedeckten Weg. Zwei Brücken führen zu dem weiten, von symmetrischen Gras- und Blumenstreifen unterbrochenen kiesbedeckten Platz. Skulpturen aus Stein und Marmor säumen die Streifen von Grün. Auf den Eckpfeilern der breiten Sandsteintreppe an der Gartenseite des Schlosses stehen goldfarbene quaderförmige Laternen. Die runden Kerzenlöcher an ihrem Boden unterscheiden sich von diesem durch ein fetteres Schwarz. Während aufkommender Wind die Blätter der den langen schnurgeraden Kanal säumenden Nußbäume anstößt, sitzt ohne Bewegung eine schwarz gekleidete Person auf einer Bank nahe der Brücke. An der Stelle des Übergangs liegt ein weißer Frauenhandschuh.

Bahnsteig

Vielleicht steigt einer von seinem Schlafbaum herab und kommt an den Bahnsteig des Dorfes. Auf dem Baum hat er die Züge so dicht an dicht fahren sehen, daß er sich jetzt nicht glauben will, es bliebe Raum zwischen ihnen. Er steht am Bahnsteig und wagt nicht, die Geleise zu überqueren, so oft verkehren ihm die Züge. Die Ferne ist für ihn ein Kreis, der in der Nähe rollt.

Der Zug

Um die Mittagsstunde fährt ein Säuseln in den Wald, die Wände der Häuser kehren sich einander zu, jemand wartet. Was auf den Wiesen wächst, geht für einen Augenblick zugrunde. Die Fäden einer Spindel sind schnurgerade durch das Tal gelegt. Es legt sich ein Mensch auf sie, der ist biegsam. An Kopf und Bauch trägt er Fenster. Jedes von ihnen steht, und doch ist keine Ruhe. Hinter den Fenstern atmen kleine Wesen. Sie zeichnen sich untereinander aus durch das Tragen von präzisen Meßinstrumenten. Jedes der Wesen ist in jedem Augenblick versammelt. Bei Sonnenuntergang mißt jedes von ihnen seinen Zeigerstand. Jedes Wesen trägt einen Namen. Wie die Verschiebung ihrer Körper von einem Ort an einen anderen geschieht, wissen sie nicht.

Wache

An einem günstigen Kontrollpunkt wird ein Wachturm stehen. Kontrolliert werden die ausbleibenden Fluchtversuche von einem Staat zum anderen. Nun fügt es sich, daß der Ort des Wachturms nahe dem Wendepunkt von Bootsfahrten durch die Kanäle der Stadt liegt. Zwei Kanäle vereinigen sich dort zu einem kleinen dreieckigen See. Raum genug für die Ausflugsschiffe zum Wenden. Das Wachpersonal des anderen Staates hat einige Minuten Zeit, die Gesichter der Fahrgäste zu nützen.
Unweit vom Wachturm steht ein hölzernes Podest, von dem Neugierige in die andere Staatsform blikken. Sie müssen sich die Musterung durch die Fernrohre gefallen lassen. Der Nutzen, den das Wachpersonal aus den Gesichtern zieht, ist die Gebühr, die diese für das Privileg ihres Blickes entrichten.

Vollmond

Hügel sind die Höcker eines schlafenden Tiers. Baumstämme, die aus dem Lichtkegel tretend im Dunkel zurückbleiben, murmeln lange nach. Astgabeln sind Schleudern, in die sich langgezogene Wolken biegen. Der Wind ein sprechendes Blatt. Tannenwipfel bergen das irisierende Licht. Auf dem in den Nacken gebeugten Haupt des Kindes zeichnen mit Lineal kleine flinke Wesen Licht- und Schattenwurf. Vom Unsagbaren Träumende fahren in kleinen Wagen übers Land.

Straßen

Sie führen immer irgendwohin. Manchmal von nirgendwo ins Nirgendwo. Von Häusern umgeben und von oben betrachtet sind sie ein Würfelspiel. Ihre Namen dienen nicht ihrer Unterscheidung, sondern sind das Bild, das den begleitet, der durch sie geht. Die Bedeutung der Straßen liegt jenseits der Namen. Doch ihre durch sie hindurchwirkende Gestalt liegt in ihnen.

Die Glocken

Die Wochenendstarre der Dinge beginnt Samstagabend, sechs Uhr. Mit dem Läuten der Glocken legen sich an die Häuser Hände, die sie bewegungsunfähig machen. Sonntagmorgens sind die Hände in den Räumen, halten die Dinge an ihrem Ort und verbieten jeden Ton. Wer in den Räumen bleibt, rechnet mit Bewegungsunfähigkeit. Wer nach draußen geht, bemerkt nach einer Stunde Spazierengehen die Vergeblichkeit seines Versuchs. Mit dem Mitternachtsschlag der Glocke endet die Umklammerung der Dinge.

Alkohol

Es gibt Gefäße aus Glas, die werden abends auf einen Tisch gestellt, um den sich die Menschen versammeln. Es kommt vor, daß die Gefäße sich selbst nicht kennen, so verändern sie ihre Gestalt. Sie sind öfter langstielig. Die zusammengekommenen Menschen legen Wert darauf, daß einer von ihnen alle Gefäße füllt, anschließend eines von ihnen an seinem Stiel ergreift und in die Höhe hebt. Alle anderen ergreifen dann ihrerseits je eines der Gefäße und bitten jedes von ihnen, sich zu erheben. Es ist wichtig, daß sich die Gefäße gleichzeitig erheben, darauf legen die Menschen ebensoviel Wert wie darauf, daß an jedem der Gefäßstiele eine umklammernde Hand hängt. In besonders zufriedenen Stunden führen die Hände der Menschen die gefüllten Gefäße gegeneinander und bitten sie, Töne zu hinterlassen. Meistens tun die Gefäße, was man von ihnen verlangt. Töne zu hinterlassen gehört zu der Art von Wünschen, die sie gerne erfüllen. Ist der Inhalt der Gefäße abgelaufen, so erhebt sich ein Stellvertreter der Menschen und bittet die Flüssigkeit erneut von einem Gefäß in alle anderen. Meistens erfüllt sie diesen Wunsch gerne. Oft erfolgt darauf ein weiteres Tönehinterlassen. Werden die Gefäße für Stunden oder Tage auf den Tisch zurückgestellt, ist oft ein Fest zu Ende. So benennen die

Menschen manche Stunden, in denen viele Gefäße Töne hinterlassen und später als sonst ihre Arbeit beenden.

Die Giraffe

Sie betrachtet die Arbeit meiner Hände mit großem Gleichmut. Ich kann nicht glauben, daß der Druck in ihren Adern das Dreifache von dem in den Adern eines Menschen beträgt. Die Giraffe steht so still. Sie trägt ihre Ohren als eine Krone, sagt B. Von vorne betrachtet hat sie die Form eines Leistenholzes. Ebenso von hinten; nur gleicht der Abstand zwischen den beiden Ohren dem aufgerissenen und verklemmten Maul eines Flußtiers. Ebenso außergewöhnlich der kurze gedrehte Schwanz an ihrem hinteren Ende. Zwei Punkte trägt sie auf ihrem Kopf: die Nase, das Auge. Nach dort, dem am meisten unbeteiligten Ort ihres Lebens, ist ihr Körper gerichtet. Das Muster an ihrem Rumpf verliert sich mit zunehmender Höhe ihres Säulenhalses. Vom Gewicht der Hinterbeine ist im Gesicht nichts zu sehen. Sie trägt eines der Ohren rotfarben.

Weiße Stadt

Den Hafen erreicht der Fremde bei Sonnenaufgang. Er betritt die Stadt wie durch ein Tor zu einem Garten. Vom Hauptplatz aus sind Berge mit weißen Kronen zu sehen. Hinauf zur Altstadt führt eine schmale, steile Straße. Sie wird gesäumt von den besten Bäkkereien der Stadt und einem Geschäft, in dem der älteste Wein erstanden werden kann. Mittags versengt das Weiß der Häuser die Augen. Nachmittags sitzt eine Katze im schmalen Schatten einer Laterne. Wenn bei Sonnenuntergang die Läden geöffnet werden, verdoppelt sich die Anzahl der Schritte. Die Sonne steigt ins Meer. An den östlichen Hügeln der Stadt geben die Zistrosen ihren versammelten Geruch frei. Das Rotgrün des Eukalyptus ist ein Grünblau, das rasch dunkelt. Auf einer Bank am Ende der Stadt öffnet ein Mann die frische Zeitung. Ohne Ziel streifen Mörder durch die Stadt.

Die Nacht

Auf dem Dach des Zinshauses stehen die Kamine wie Zähne im Mund eines Riesen. Es gibt größere und kleinere Zähne. Jeder zweite fehlt. Es sind die Zähne eines alten Riesen: die Lücken zwischen den Zähnen sagen es. Vor dem Zinshaus, auf dem Balkon, der scharfe Umriß einer Pflanze (es ist eine Geranie). In einem der Fenster des unteren Stockwerks brennt Licht. Der Hof des Kindergartens ist von zwei Neonlaternen erleuchtet. Die Schatten der Kinderschaukel und der Rutschbahn sind an die Wand eines der umliegenden Häuser projiziert. Auf dem Gelände des Flughafens ist alles still. Aus einer der umliegenden Wohnungen dringt das gleichmäßige Rasseln eines Schlafenden. Ein leiser Wind reibt die Blätter der Birken hinter dem Haus aneinander. Die Wolken auf dem von der umliegenden Stadt erleuchteten Himmel ähneln dem Fell einer Tigerkatze. Ein Windstoß trägt von der Stadtautobahn das Signal eines Rettungswagens herbei. Die Wüste ist ein Saitenspiel.

Die Teekanne

Sie hat ein bauchiges Unterteil. Von vorne sieht sie aus wie eine dicke Dampflokomotive, die schnelle Fahrt macht. Wer sie von hinten sieht, ist verlegen. Ihr dickes Hinterteil mit dem Griff in seiner Mitte vertreibt unscharfe Gedanken. Die Unförmigkeit des Deckels, den sie auf dem Kopf trägt, hat etwas von der Mischung zwischen einer Barockkuppel und dem Deckel eines Einliterbierglases. Dreht man die Kanne seitwärts, ist man versucht ihr anzuraten, den Bauch einzuziehen, damit er nicht über den unverhältnismäßig kleinen Schnabel ragt. Besieht man sie noch einmal von vorn, beginnt man unweigerlich, sie ihrer Unförmigkeit wegen zu lieben. Das Loch an der Oberseite des Schnabels ist ihr etwas zu groß geraten. Kommt man ihr zu nahe, befürchtet man, durch das Loch in ihren geräumigen schwarzen Bauch zu fallen oder aber kleine Wesen aus dem Bauchinneren an den Schnabelrand zu locken. An der Spitze ihres Deckels trägt sie aus reiner Freundlichkeit einen großen Knopf, der seinerseits einen kleinen Höcker trägt. An diesem Knopf will ihr Deckel nach oben gezogen werden. Der Griff an ihrer Hinterseite bildet die Form des St.-Nikolaus-Stabes. Eine Teekanne steht in der Wohnung eines Freundes.

Kaffee

Mit zugegossenem Wasser bläht er sich, nimmt, während das Wasser absinkt, die Gestalt der heißen Quellen an. Ist der letzte Wassertropfen durch ihn hindurchgegangen, beugen sich seine Ränder nach innen und bilden große Schluchten. Das ist der Augenblick, da in ihm die noch ausstehende Geschichte des Tages gelesen werden kann.

Manteltragen

Es ist wohl kalt. Wer an der Ecke steht, ist ein fliegender Handschuh. Um nicht zur Seite zu kippen, gibt es das Gewicht eines Mantels. Der Mantel ernährt die Nase mit den Gerüchen von Personen, die lange in der Nähe blieben, er ernährt den Mund mit seinem Kragen. Diesen Winter noch wird nichts geschehen.

Die minimale Welt

Wenige Tage erst bin ich in der fremden Stadt. Ich verfüge über ein ausgedehntes Netz von Fäden, über deren Art und Verknüpfung mich eine Reihe von Vertrauten Tag für Tag unterrichten. Die winzigen Fäden bündeln sich an mehreren Orten. Die möglichen Orte sind: Neunkirchen, Helmstedt, Borgholm, Berlin. Berührt eine Person einen der Fäden am anderen Ende der Welt, so verspüre ich Stunden später das leise Zittern.

Abfahrt der Schiffe

Eine blaue Sonne beschwert diesen Tag. Ohne den Grund zu wissen, sind die Schiffer unterwegs, während leise die unsichtbaren Schnüre gelöst werden. In der Finsternis gibt es keinen Horizont. Aber in der Ferne kreuzt ein Begleiter. In diesem Augenblick herrscht eine Richtung vor: ein Pfeil weist in sie. Es ist, als glänze vom Grund herauf ein Kettenhemd.

Das Benützen der Kopiergeräte

Ein Blatt wird so gelegt, daß es als ein anderes wiederkommt. Die Arbeit wird von einer Person verrichtet, die sich eng an das Blatt schmiegt. Hell erleuchtet fährt sie an seiner Unterseite entlang und merkt sich jede Stelle. Ist eine Stelle des Papiers zu blaß, so gibt die Person Farbe hinzu, indem sie ihre Wange fest anpreßt. Diese Arbeit bedeutet ein Ziehen, manchmal ein leuchtendes Schaben.
An einer Wand hängt ein Farbdruck. Er zeigt einen gelben Fleck, auf dem eine graue Palme und ein schwarz gekleideter Mann mit dunkler Brille zu sehen sind. Der Fleck ist von tiefdunklem Blau umgeben. Im Bildhintergrund befindet sich ein weißes Schiff. Der Mann auf dem gelben Fleck sitzt an einem kleinen Tisch. Auf dem Tisch steht eine Schreibmaschine, in die ein Blatt gespannt ist.

Band

Weil er alles von ihr wissen wollte, überzeugte er sie, daß sie jeden ihrer Tage auf Band aufzeichnen sollte. Sie wollten den jeweils folgenden Tag damit verbringen, die Aufnahmen vom Vortag abzuhören. So war es jeden Tag stiller auf dem Band. Bald waren nur noch die Geräusche der Geräusche vom Band des Vortags zu hören. Und die wurden wie eine leise verebbende Musik dünner und spärlicher. An einem Tag ohne Sonne waren die beiden angelangt bei der Kunst des reinen Hörens.

Musik

Was Musik sein könnte, wäre sie nicht in den meisten Fällen etwas anderes, kann man von den späten Streichquartetten Beethovens lernen. Kein Hinderungsgrund liegt zwischen der reinen Musik und ihrer Ausführung. Vielleicht gelingt sie so vollendet, weil sie in nichts darauf besteht, an Musik zu erinnern. Die Streichquartette sind abwägend genau. Jeder Ton hat seinen genau angebbaren Wechselkurs. Der wird vom Großmeister, dem Werkmeister der reinen Musik, für jeden Satz berechnet und gegen den Schwerpunkt hin geschrieben, der zwischen je zwei Noten errechnet wird und von dem alle Teile des Satzes gleich weit entfernt sind und der doch nicht dessen Mitte bildet. Der Schwerpunkt ist der Hort des Spiels mit dem Gleichgewicht. Teile, die zu kippen drohen, werden in ihm ausbalanciert. Die Vollendung liegt in der Unterbrechung des Satzes im Kontrapunkt, der mit seinem wippeartigen Kippeffekt den Schwerpunkt einen Augenblick lang aufhebt. Die Abwesenheit des Schwerpunkts im Augenblick der Unterbrechung ist die reine Unbestimmtheit des ganzen Satzes. In ihm ist jede Entscheidung möglich. Der Augenblick höchster Gefährdung ist die im reinen Laut versammelte Sprache der Musik.

Die Bande

Die Ansiedlung befindet sich in der Nähe eines Flusses. Wo heute Hochhäuser stehen, befand sich früher ein ausgedehntes Schilfgebiet, in dem sich die Kinder der Umgebung trafen. Dort hatte sich eine Bande gebildet, die wegen einiger Taten rasch in Verruf geriet. Ihrer Grausamkeit wegen wurde sie berühmt und gefürchtet. Wir wagten uns nur mit größter Vorsicht in die Nähe des Schilfes. In immer geringeren Abständen sahen wir uns genötigt einzudringen, da wir neue Pfeile für unsere Bogen brauchten. Niemals stießen wir auf jemanden. Einmal warf man aus größerer Entfernung in der Nähe des Schilfes mit Steinen nach uns.

Zoo

Das Flußpferd hat ein riesiges Maul, das es in seiner Friedfertigkeit nur zum Gähnen verwendet und manchmal zum Aufnehmen von Gras und Algen. Geraten zwei Flußpferde aneinander, so heißt das nicht etwa, daß sie kämpfen, sie sperren vielmehr beide ihr Maul auf, so weit sie nur können, haken ihre großen Hauer ineinander und entschlummern so, gähnend, nur ihre winzigen Propellerohren und ihre runden Augen über der Wasseroberfläche freigebend.

Das Watussi-Rind hat so große Hörner, daß es den ganzen Tag nur stillstehen kann und seine Kraft und Aufmerksamkeit dazu verwenden muß, die schweren Hörner auf dem Kopf zu tragen, ohne daß dieser zu Boden sinkt. Dieses Tier hat kleine, sanfte Augen.

Bergfahrt

Von einer geeigneten Stelle führen Schnüre zum Gipfel. Erhebungen sind mit kleinen Masten verstärkt, Talsohlen werden übersprungen. Mit Querstiften befestigt hängt an einer der Schnüre ein schnelles Haus, das zwischen Berg und Tal vermittelt. Ihm begegnet auf halber Fahrt ein anderes Haus. Was dem einen das Schwinden der Talgrube, ist dem anderen das Beschweren mit den Steinen. In der Nähe von Masten legt sich ein Surren um die Schnüre. Läuft das Haus über die vielen Rollen, werden im Tanz Türen und Fenster geöffnet. Ein Haus ist der Wechsel der Gewichte. Jeder Ort, den es an den Schnüren einnimmt, ist eine Zahl auf einer Holzleiste mit Markierungen. Manchmal berührt der gläserne Faden eine Stelle, an der sich Zahl und Markierung zu einer Lösung begegnen.

Der Nachmittag der Kinder

Die auf die Ecke des Zimmers gerichteten Augen des Mädchens sind so klar. Seine größere Schwester hält, weit zurückgelehnt auf dem Kanapee, ein großes Bilderbuch auf dem Schoß. Das blonde, offene Haar reicht ihr über die Schultern. Die Füße mit den blauen Schuhen baumeln verschränkt über dem Boden. Auf dem Tisch am Fenster steht ein Blumengesteck. Die Wangen des kleinen blassen Mädchens sind gerötet. In seinem Haar trägt es eine weiße Schleife. Die blasse Puppe im weißen Kleid mit den roten Wangen hält es, in den Schoß der eine Näharbeit ausführenden Mutter gelehnt, mit beiden Händen. In die Näharbeit vertieft sitzt die Mutter auf dem hellen, dem Kanapee zugekehrten Stuhl. In ihrem geflochtenen Haar trägt sie eine rote Schleife. Alles ist so eingerichtet, daß es für viele Leben reichte.

Eierlikör

In kleine Gläser füllen die älteren Damen Flüssigkeiten der kleinsten Einheit. Hat sich eine Flüssigkeit der kleinsten Einheit in einem Glas niedergelassen, ist sie nur schwer zu überreden, dieses wieder zu verlassen. Das bei den Gaumen der älteren Damen Beliebte ist die Trägheit dieser Flüssigkeiten. Sie rechnen es sich als ein Verdienst an, sich mit den Schwierigkeiten einer solchen Trägheit zu befassen. Sie bekennen, daß es die Behäbigkeit dieser Art von Flüssigkeiten ist, die einer kleinsten Welt größte Dichte verleihen. Um Gedanken darüber zu verlieren, treffen sich die älteren Damen in errechneten Abständen.

Signale

Hinter einer Tür quengelt ein Glasgefäß. Der Mensch öffnet die Tür und tröstet das Gefäß, indem er ihm die Hand auflegt und das schmerzende Teil wegnimmt. Er hält es an sein Ohr, vernimmt die vielen Signale und spricht Laute, bis das Teil leuchtet. Das Leuchten ist das Ende der Schmerzen, aber es ist auch das Jenseits der Schmerzfreiheit. In allen Teilen der Welt genügt eine winzige Fingerfertigkeit, um dem Teil die Schmerzen zu bringen. Die Menschen lieben die Schmerzen um so mehr, wenn ein Leuchten aus ihnen wächst, und sie lieben die Schmerzen besonders, die von entfernten Orten zugefügt werden. Jedes Quengeln hofft auf ein Leuchten. Wenige erreicht es. Solange es an zwei oder mehr Orten Gefäße aus Glas gibt, ist das Leuchten möglich.

Babylonischer Drache

Diese Steine sind meerfarben. Je näher sie gegen den Drachen hin liegen, desto häufiger sind die Risse, die sie durchteilen. Der Drache hat die Gestalt einer Wippe. Der steil nach oben gerichtete Schwanz bildet zusammen mit dem gebogenen Hals, der in der feuerspeienden Spirale der Nase endet, die wiegenden Arme, die Halt in der Kippbewegung des rechteckigen Rumpfes finden. Vom Rücken bis an die Oberseite des Kopfes begleitet den Hals ein schmales Kettenband, das in einer gewölbten Spirale endet. Der ganze Leib ist von einem feingliedrigen Panzer bedeckt. Die Vorderbeine unterscheiden sich beträchtlich von den Hinterbeinen. Sind diese die eines wirklichen Drachens, mit großen Krallen an den Füßen, so scheinen jene von einem Löwen geliehen.

Ein tiefdunkler Stein oberhalb des Kopfes birgt etwas, das in einem bösen Traum Auge und Schnabel eines niederstürzenden Raubvogels wäre. Die Spitze des hoch aufgerichteten Schwanzes ist freundlich gebogen. Vom Rumpf bis dorthin zieht sich der Weg einer eiligen Schlange.

Verbergen

Fäden führen bergend in ein Geheimnis. Es liegt in einer Schatulle, zu deren Öffnung ein Brief vonnöten ist. Den Deckel der Schatulle beschwert ein kleiner Stein. Zwischen Rand und Deckel laufen leise tönend die Fäden. Dem Unkundigen verbirgt sich die Schatulle.

Der Wachmann

Die Spitze des Baumes steht vor der hellen vollen Scheibe des Mondes. In der Mitte des zwei Telegraphenmasten verbindenden Drahtes hängt unbewegt eine Laterne. Die Fenster des Hauses sind hell erleuchtet. In der geöffneten Hälfte der Flügeltür sind die Umrisse einer ihre Hand auf den inneren Türgriff legenden Person erkennbar. Im Lichtwurf der Tür steht ein Paar in Abendgarderobe. Der untere Ast eines jenseits des Hausschattens stehenden jungen Baumes reicht an den Hutrand des Mannes. Unbewegt stehen die Äste einer großen, ein hell erleuchtetes Haus zur Linken überschattenden Eiche. In diesem Augenblick passieren zwei Züge in entgegengesetzter Fahrtrichtung. In den erleuchteten Fenstern der Abteilwagen sind die Konturen von Reisenden erkennbar. Rauch dringt aus den Schornsteinen der Lokomotiven. Dem eine Laterne tragenden Wachmann in schwarzem Überwurf zugewandt steht im Licht des Mondes eine Frau in blauem Kleid mit entblößten Brüsten. Die rechte Hand der Frau berührt in Bauchhöhe ihre linke Hand. Links von der Laterne steht offen ein weißes hölzernes Gartentor.

Briefgeheimnis

Wer nachts die offenstehende Tür einer Lagerhalle in Bahnhofsnähe passiert, kann übereinandergeschichtet in den kleinen Wagen die Säcke sehen, in denen die Briefe versammelt sind. In diesen Säcken mit kleinen Papierstreifen um den Hals liegen die Briefe nach den vielen Orten, streng getrennt von denen, die von den vielen Orten kommen. Manchmal, wenn es ganz still ist in so einer Nacht, hört der Passant ein Murmeln und Zischen von den Säcken wie beim Austauschen von Botschaften. Es geschieht, daß ein Brief auf der Reise die Gestalt eines anderen Briefes annimmt, und so seinen Adressaten verwirrt.

Abschied

Er ist bereit. Die verlangsamte Bewegung seines Kopfes zeigt ihn als den Unterlegenen. Deshalb sind seine Hände auf die Sofalehne gestützt.
Sie tritt in den Raum, der von Gebüsch begrenzt wird. Ihre Hände fallen angelegt an das dunkle Reisekleid: sie ist der rasch fliegende Mund. Der Blick, mit dem sie ihn trägt, trifft den Unterlegenen so, daß ihn sein Gesicht nie mehr einholt. Sein Mantelkragen berührt Nase und Oberlippe eines undeutlich erkennbaren Wandportraits. Die Aufforderung in ihrem Blick kommt, indem sie zu früh abgeht, zu spät. Das Leben ist schon fort.

Der Soldat

Das Gewehr steht senkrecht, von zwei warmen Handtellern gehalten. Noch einmal treten die tief in den Höhlen liegenden Augen in ein Leuchten. Über den Kragenaufschlag reicht ein schwarzes Tuch. Das Leuchten der Gürtelschnalle kehrt im Lächeln des Mundes wieder. Der Schaft des Gewehrs teilt mehrere versetzt hintereinander angeordnete Gesichter. Die Spitze des Ohrs berührt das Kinn eines im Lachen vollen Gesichts.
Es ist der aus der Brusttasche hängende Lederriemen mit der vom linken Unterarm zur Hälfte verdeckten Schnalle, der den Soldaten an diesem und am nächsten Tag vor Unheil bewahren wird.

Drähte

Von unten besehen sind bewegte Drähte Einschließungen des Himmels. Es gibt ein Springen von Schwelle zu Schwelle, dem im Reich der Drähte ein langsam fortwirkendes Tönen, von den Schnittstellen herrührend, entspricht. Himmelszonen, die über solchen Schnittstellen liegen, sind Häuser aus Porzellan, in denen die kleinsten Dinge gezeigt werden.

Zahlen

Am Fuß des Hügels, auf dem ein verwitterter Baum steht, weitet sich das von einem Flußlauf durchzogene Tal. Seitlich wird es begrenzt von Bergspitzen; unterhalb der einen zeichnen sich die Mauern einer mittelalterlichen Burg ab. In der Ferne glänzen vereinzelt die Dächer einer Ansiedlung. Der den Bildvordergrund einnehmende Baum ist das Drahtseil, das die kleinen Teile der Landschaft trägt. An ihn gebunden ist der von Pfeilen durchbohrte nackte Körper Sebastians. Der Oberkörper und der linke Arm sind zur Seite gebogen, von wo ein Engel die Zeichen der Entrückung bringt. In der Mitte der Brust steckt ein langer Pfeil, der seinen Schatten auf eine am unteren Bildrand befindliche Tabelle mit römischen Zahlen wirft. Es ist Mittag: Der Schatten des Pfeiles im Körper des Heiligen liegt auf der Ziffer II.

Mengen

In den Siedlungen der kleinen Wesen gibt es Plätze, bedeckt mit Sandstein, Gras und Erde. Folgt ein heißer Tag dem anderen, so kommen die Wesen abends auf den Plätzen zusammen. Um jedes der Vierecke, in die die Plätze unterteilt sind, stehen kleine hölzerne Truhen und Schränke, auf die sich die Wesen mit vornübergebeugtem Oberkörper niederlassen. Während die Neugeborenen und etwas Älteren in den Vierecken mit Gras und Erde kauern, erkennen die auf den Truhen Sitzenden einander an dem Scharren, das sie vollziehen, wenn einer von ihnen sich in der Nähe eines anderen niederläßt. Sind die Gehörorgane der Wesen nur mäßig verfeinert, so verfügen sie über ausgezeichnete Geruchswerkzeuge, die es ihnen erlauben, ein Wesen ihrer Wahl an seinem Geruch zu erkennen. Um die Nasen mancher Wesen zu loben, besprühen sich einige von ihnen mit Gerüchen, ehe sie die viereckigen Plätze aufsuchen. Diese Gerüche sind es, die anderen zu erkennen geben, daß sie hier nicht erwünscht sind.

Zurückhaltung und Vergeltung

Ein Meeresfisch von besonders geringer Größe täuscht seine Feinde mit gespielter Scheu. Kommt ein gefräßiger großer Fisch in seine Nähe, so nimmt er in der Horde der kleinen Fische Reißaus. Dreht der Feind ab, nachdem er genug von den kleinen Fischen verzehrt hat, so läßt es dieser Fisch dabei bewenden und kümmert sich um das Seine. Zeigt der Feind aber große Freßlust und viel Übermut, so stellt sich ihm der kleine Fisch reglos entgegen. Ist der Feind ganz nah, so sendet er in dem Augenblick, da dieser das Maul am weitesten öffnet, um ihn zu verschlingen, winzige spitze Pfeile in dessen Rachen, die den Feind mit ihrem Gift versengen, noch ehe der sein Maul schließen kann. Blitzschnell wendet sich der Fisch von seinem nun reglos treibenden Gegner ab und geht in anderen Teilen des Gewässers seinen Geschäften nach.

Vermehrende Unterbrechung

Wer durch die Straßen eines Wohnviertels geht, während im Abendprogramm ein Film gezeigt wird, wird seinen Weg nicht aus den Augen verlieren. Die Straßen werden sich auf sich selbst zurückziehen, und die Stelle ihres Namens wird der Begleittext des Films einnehmen. Noch ehe das Viertel durchschritten ist, haben sich die Stimmen einer Liebe von zärtlichen in verzweifelte verwandelt. Aus Feinden sind Freunde geworden, und umgekehrt. Wer so die Straßen passiert, ist von immer einer Idee mehr erfüllt als die anderen. Diese Art, einen Film zu umgehen, ist der Nährboden des Déjà-vu.

Die zwei Arten des Herbstes

Herbst kann es auf mehrere Arten werden. Grundsätzlich sind in der Natur zwei Weisen unterschieden: Es gibt den lange angekündigten Herbst, dem eine Reihe klarer Tage vorangeht, an denen die Farben einen Deutlichkeitswettbewerb austragen, aus dem schließlich Gelb und Rot als Sieger hervorgehen. Wie alle Sieger, werden auch diese beiden bald von einem Stärkeren bezwungen: dem Grau, das jedes Jahr auf dieselbe Weise und für denselben Zeitraum regiert.

Die andere Art des Herbstes bricht in einen fortgeschrittenen Sommer ein wie die Unterbrechung einiger kühler Tage. Doch den Raum, den er einmal bezogen hat, gibt der Herbst nicht mehr frei; und schon am zweiten trüben Tag stürzen Bäume, Sträucher und Wiesen wie von Sinnen in jenen ältlichen Zustand zurück, aus dem sie kamen. Was so blitzschnell vor sich geht, ähnelt dem Umstülpen eines Korbes, das so rasch geschieht, daß das Obst nicht vorher herausspringt.

Sommerende

An manchen Stellen ist das Gras aufgehellt. Im Schatten des Laubdachs scharren zwei weiße Hunde. Unter einer alten Linde hat sich eine Gruppe dunkelhäutiger Menschen versammelt. Einer von ihnen schlägt verhalten die Trommel. Auf einer Bank nah am Weg mit den Kieselsteinen hat sich mit verschränkten Beinen ein junger Mann niedergelassen. Auf einer Lichtung werfen sich schwarzgekleidete Jongleure um sich selbst drehende helle Hölzer zu. Die Drehung eines jeden der Hölzer wird vermehrt durch die kleine, der Arbeit des Leistenholzes eines Webstuhls ähnliche Bewegung der Unterarme. Beim fünften Schlag der Glocke hält die Hand des Trommlers inne. Die Bahn der hellen Hölzer ist eine Schlaufe, in deren Knoten die Summe der Dinge das kleinste Maß ist.

Morgens

Ich trinke millimeterweise aus meiner Tasse. Eine kleine Schachtel legte ich eben beiseite. In der gegenüberliegenden Wohnung atmet regelmäßig ein schlafender Feind. Ich drehe leise das Radio an, um ihn nicht hören zu müssen. Auf der Hauswand vor meinem Fenster liegt ein schmaler Streifen Sonnenlicht. Es ist früh. Ich schicke mich an, die Stadt zu verlassen.

Durch die hohe Glasfront des Bahnhofs fällt das Licht der Morgensonne. Die Bahnhofshalle schreiten glattrasierte Männer ab. Sie haben das unbewegliche Gesicht derer, die niemals reisen.

Der blaue Kran

Der blaue Kran steht bewegungslos hinter dem Haus. Über dem verlassenen Führerhaus steht im Licht der Abendsonne eine weiße Wolke. Der Betonstift am kurzen Ende des Lastarms ist für einen Augenblick ein Stück Kreide. Von der Spitze reichen zwei Trägerstangen an die beiden Enden des Lastarms. Bei Einbruch der Nacht schiebt sich der lange Arm des Krans über Wohnungen, die er in zwei Teile teilt. Personen, die in einem solchen Teil schlafen, bewohnen im Traum durchsichtige kleine Himmelskörper und stoßen auf kurzen Entdeckungsreisen auf gläserne Gegenstände unbekannter Art.

Die Springmaus

Die Springmaus bewohnt einen durchsichtigen Quader, auf dessen Grund sich Körner, Grashalme und Blätter vom grünen Salat befinden. Sie hält sich besonders in den Ecken des Quaders auf, wo sie, mit geschlossenen Augen, mit den Vorderfüßen die kleine Schabbewegung ausführt. Manchmal sitzt sie in der Mitte des Quaders, richtet sich blitzschnell auf und prüft die Luft. Auf ihrer Nase zittern leise die querstehenden Haare. Dieser Nager ist bekannt für unvorhergesehene Sprünge, die ihn über die Wände des Quaders tragen. Auf der anderen Seite des Quaders schnuppert er kurz, legt seine Nase an eine der Wände, schließt die Augen und beginnt von neuem mit der kleinen Schabbewegung.

Ausgang

Ich verlasse das Haus in den ersten Stunden der Nacht. Ich wende mich nach rechts, dem Süden der Stadt zu. Aus den Parks dringt der saure Uringeruch. Hinter mir der schleifende Schritt eines Betrunkenen. Ich gehe schneller. An der Bushaltestelle stehen an die Wand eines Hauses gelehnt einige Personen. An einem hellen Mantel bemerke ich den aufgeschlagenen Kragen. Als der Mann den Kopf bewegt, blitzt in seinen Augen das Licht einer Laterne. Aus dem vergitterten U-Bahn-Schacht strömt warme Luft. In einer Seitengasse erschrecke ich vor dem Geräusch meiner Schritte. Noch ehe der Morgen dämmert, ist mir, als könnte mir für lange Zeit nichts geschehen.

Nachtcafé

Die Glasfenster reichen vom Boden bis an die Dekke. Man spricht an jedem der fünf Tische, sitzt zurückgelehnt in dunklen Sesseln. Das Scharren geht von dem Tisch in der Ecke aus. Um dichtgedrängte leere Gefäße sitzen fünf Herren, üben vornübergebeugt die Bewegungen der Münder und Hände, manchmal fällt eine der Hände auf die Tischkante oder einen Schenkel. Eine müde Person bringt weitere Gefäße. An einer langen Truhe lehnen zwei helle Personen, berühren nach Verabredung die Augen einer auf der anderen Seite der Truhe stehenden Person, die immer neue Gefäße reicht. Auf dem Tisch an der Wand liegt ein kleines Heft, in das seit Stunden ein dunkelgekleideter junger Mann vergeblich kleine Linien zeichnet. Wenn die junge Frau an dem Tisch gegenüber in ihr Buch zu schreiben beginnt, dürfen die Personen das Berichten unzutreffender Tatsachen beenden, und der Ort darf für lange Zeit geschlossen bleiben.

Wachen

Aus dem durch einen Stützpfeiler unterteilten hohen Eingangstor dringt mattes Licht. Auf den Balkongeländern liegt der zyanfarbene Widerschein des hinter einer Backsteinmauer verborgenen Mondes. Die Umrisse eines unbeweglichen Baukranes. Über dem Mittelteil des Hauses steht ein einzelner Stern. Die Laterne am oberen Ende des Hauses beginnt zu flackern. Hinter angrenzenden Bäumen passieren die Lichtkegel rasch fahrender Wagen. Zwei im Abstand von zwei Stockwerken übereinanderliegende Fenster sind erleuchtet. Ein drittes wird eben illuminiert. Ein schmaler Schatten tritt an die Gardine. Der Schatten verschwindet, das Licht verlöscht. Auf dem Weg nähern sich die Lichtkegel eines Wagens. Als sie aus den Kronen der Bäume heraustreten, strahlen sie einen Augenblick in die Höhe, zittern dann auf dem Boden nach. Am Horizont, zwischen dem Trägerarm des Baukrans und den dunklen Kronen der Bäume, liegt ein schmutziger oranger Streifen. Der Stern hat sich gegen das südöstliche Ende des Hauses bewegt. Das fahle Blau der Hauswand, das Zyan der Balkongeländer, die in die Nacht starren wie die Rippen eines Tiers, beginnen zu leuchten. Auf manchen Fenstern liegt der Widerschein des Mondes. Das Fenster oben ist erneut illuminiert. Zwischen den Kronen der angrenzenden Bäume geht das Licht in einem mehrstöckigen Treppenhaus an. Wie schlafende Kröten sitzen die schwach angeleuchteten Wagen in einer Doppelreihe im Sumpf. Das zwischen den Kronen der Bäume sichtbare Licht im Treppenhaus verlöscht. Kurz darauf verlöscht auch das Licht im Fenster oben. Die Farbe des Himmels wechselt ins Grau. Der Schimmer an der Wand des Hauses verflüchtigt sich. Der Stern über dem Haus ist nicht mehr zu sehen. Der kreisende Suchscheinwerfer am anderen Ende der Stadt. Ein Wagen wird gestartet, und langsam entfernen sich zwei rote Lichter. Drei Personen stehen im fahlen Licht des Eingangstors. Während sich Nebel auf die Dächer der Häuser senkt, blitzen in einer der Kronen der angrenzenden Bäume die Lichter zweier Taschenlampen auf.

Ballspielen in Siedlungen

Die Kinder bilden ein Fünfeck. Etwas außerhalb steht breitbeinig ein Mann in ausgebeultem Anzug. Den zugespielten Ball retourniert er freundlich mit quergestelltem Fuß, die Hände in den Hosentaschen. Ein Kettchen klimpert. Als der Ball unter einen geparkten Wagen gerät, entlastet der Mann sein linkes Bein. Der Ball bleibt so lange weg, bis der Körper des Mannes alle Augen auf sich gerichtet fühlt. Wie unabsichtlich tritt der Mann Kieselsteine beiseite, hält sich an das Geräusch seiner Schuhsohlen, mustert aufmerksam die Kotflügel eines Wagens. Als der zurückgekehrte Ball das Fünfeck der spielenden Kinder nachzeichnet, verfolgt der Mann am Ende des Weges mit eingezogenen Schultern den Weg eines Wasserläufers.

Die Welt

Verläßt ein Erdenbewohner seinen Ort, um einen anderen Ort zu dem seinen zu machen, so muß ein anderer Erdenbewohner – die beiden wissen nicht voneinander – seinen Ort mit einem anderen vertauschen. Dies geschieht aus keinem anderen Grund als dem des Ausgleichs der Gewichtsunterschiede. Würde nämlich das Vertauschen des Ortes eines Erdenbewohners nicht durch das umgekehrte Vertauschen des Ortes eines anderen Erdenbewohners ausgeglichen, drohte Gefahr, daß die Erde zur Seite kippt. Heute hat sich diese Gefahr erhöht. Die zunehmende Reisetätigkeit der Menschen ist mit jedem Starten eines Zuges, eines Automobils, mit jedem Abheben eines Flugzeugs, mit jedem Ablegen eines Schiffs in Gefahr, die Katastrophe auszulösen und kann nur abgewendet werden, indem auf jeden startenden Zug, jedes startende Automobil, jedes abhebende Flugzeug, jedes ablegende Schiff ein um dieselbe Entfernung vom Mittelpunkt der Erde, jedoch diametral entgegengesetzt, anderer startender Zug, ein anderes startendes Automobil, ein anderes abhebendes Flugzeug, ein anderes ablegendes Schiff kommt, im gleichen Augenblick sich in Bewegung setzend, im gleichen Augenblick die Bewegung beendend, also zugleich in den Endbahnhof einlaufend, zugleich in die Parklükke manövrierend, zugleich auf der Landebahn aufsetzend, zugleich an der Hafenmauer anlegend.

Geschähen alle diese Akte nicht in vollkommener Gleichzeitigkeit, die Summe aller Bewegungen bliebe nicht gleich Null. Es ist die Arbeit der Weltvernunft, die an das Ende der einen Bewegung das Ende einer anderen Bewegung knüpft, so daß die sie verbindende Schlaufe im Herzen der Menschen zu ruhen kommt. Nichts weiß der sein Automobil Startende von jenem anderen sein Automobil Startenden, der es zur rechten Zeit, am rechten Ort tut, mit seinem Leben begabt, das ebensoweit nach der entgegengesetzten Seite vom Mittelpunkt der Erde geschieht wie das desjenigen, dessen Bewegung aufzufangen er bestimmt ist.

Tee, morgens

Der Dampf aus der kleinen Tasse und die mit einer Undeutlichkeitsspur belegten Augen sind von derselben Art. Ein Löffel Zucker ist die Süße der Welt. Die Gelenke, die es ermöglichen, ein Gefäß zu ergreifen und an den Mund zu führen, heißen zu dieser Stunde anders. Wegen des Gewichtes ist es gut, wenn die Kanne nur zur Hälfte gefüllt ist. Weiche Stoffe, Stoffe der Freundlichkeit, liegen neben harten Stoffen, die von den weichen gezwungen werden, ebenso freundlich zu sein. Wenn es Feuer gibt, ist es gut. Es ist gut für die Zärtlichkeit, die für später bewahrt.

Belohnte Tugend

Auf der weiten Ebene liegen vereinzelt dunkle Steine. Am Horizont stehen Häuser mit dunklen Dachgiebeln. In ihrer Verkleinerung den Borsten eines Stechfischs ähnelnde blattlose Bäume. Trübnis liegt über der ebenen Erde. Im Vordergrund steht ein schwarzgekleideter Mann, einen Fuß vorangestellt. Er trägt einen Hut, und seine Hand stützt sich auf einen Stock. Die andere Hand hat er in der Tasche des Mantels vergraben. Er steht abgewendet, sein Blick ruht auf jenem Teil des Horizonts, der ohne Variation die graue unbestandene Ebene abschließt. Es ist, als bräuchte der Mann nur die Augen zu schließen, und er verschwände.

Die Vergesserin

Sand. Grashalme über kleinen Mulden, aus Sandhügeln hervorstoßend, versperren den Weg. Da: ein schmaler Ring. Hier: ein geöffnetes Halsband. Über ihrem Kopf liegt, wie um die Begrenzung zu zeigen oder einen Hut anzudeuten, eine schwarze Pfeife. Die Augen sind geschlossen. Sie trägt Ohrringe. Die Sonne hat ihre Haut gebräunt. Der Schatten ihres Kinns reicht bis zur Halsgrube. Auf ihren Augenlidern liegt der Schmerz der Wiederholung.

Das schnelle Leben

Der Ärger des Kindes, dem ein kleiner Wunsch unerfüllt bleibt, verliert sich durch die verbogenen, verzerrten Glieder nach draußen.
Ein Mann steht im Schatten des Baumes. In der Abendsonne leuchten die sich im Wind wiegenden Blätter. Der Leib des Mannes ist ein türkisches Zelt, das am Ende des Tages die vielen Farben hat.
Hastig fährt der Eisverkäufer durch die Allee. Wenn er sich umdreht und nach oben sieht, führt sein Rad die Schlangenbewegung aus.

Abends Spiele

Die Schnur eines vierfarbigen Drachens führt in die geschlossene Hand eines Mannes mit Schildmütze. Dreht sich der Wind, so zieht der Mann den Schild tiefer ins Gesicht. Eine weißhaarige Frau sieht mit gewölbtem Bauch nach oben. In einer Hand trägt sie eine Tasche mit Doppelverschluß. Die Schatten sechs junger Körper kreisen, begleitet von einem Ball, rasch umeinander. Rufe und Schreie ertönen. Am Waldrand sitzen mehrere Personen mit verschränkten Beinen um eine grüne Kugel aus Glas. Zwei kleine Hunde drehen sich mit geöffneten Schnauzen im Kreis. Die Räder eines hölzernen Kinderwagens singen. Ein junger Mann liegt mit aufgestützten Ellenbogen im Gras. Um seine Brust trägt er einen Plastikreifen, der weit von ihm absteht. Mit kleinen Holzschlägern spielen sich Mann und Frau einen blauen Ball zu. Ein Hund geht dazwischen. Eine blaue Scheibe zeichnet die Seiten eines Dreiecks, an dessen Eckpunkten schwarzgekleidete Jünglinge stehen. Ein Mann fährt mit dem Rad durch den Park. An einem von der Sonne beschienenen Strauch stellt er sein Rad ab, zieht eine Trompete hervor und bläst eine freundliche Melodie. Noch vor Sonnenuntergang schläft er erschöpft im Gras.

Fütterung der Robben, vor Zeugen

Grußlos werden die ersten Fische in Empfang genommen. Später folgen Sprünge, Flossenreichen, Fischefangen in entferntesten Ecken. Ein Felsen wird regelmäßig erklommen, um von ihm aus, beschwert mit einem kleinen Fisch, ins Wasser zu springen. Das kleinste Tier, das keine andere Wahl hat, bleibt zu Füßen des Wärters, reicht ihm Flosse und Schwanz, richtet sich dann an ihm auf und bekommt den Fisch. Einmal wirft der Wärter einen Fisch über die Köpfe der Zuschauer. Ein kleines Mädchen, das den Fisch bringt, ist für einen Augenblick die wichtige Person. Das Ende der Fütterung nehmen die Tiere still aneinander vorbeitauchend hin.

Gewitter

Äste und Blätter streben auseinander. Die ersten Regentropfen schlagen im Gras ein, das starr nachzittert. Ein Buch wird eilig zugeschlagen. Jemand klappt den eben aufgespannten Schirm wieder zusammen. Menschen, deren Verlangsamung in Beschleunigung übergeht, eilen gebückt aus dem Park. Die Zeitung ist jetzt ein Kopfschutz. Sich gegeneinanderschiebende Wolken verkleinern jeden Raum. Unter einer hölzernen Brücke wiegt sich ein festgebundener Kahn. In einem Wagen über dem Lichtfunken zwei Augenpaare. Das Lächeln eines auf einen Rohrstock gestützten Jünglings. An der Wasserstelle sitzt eine Frau. Sie hält ein Kind im Arm.

Die Sohlengänger

Am Horizont des Schwemmlandes sind Störche zu erkennen. Drüben Grasbüschel auf einer Düne. Davor haben sich mehrere großen Pfützen gebildet. Die leicht gespreizten Beine der Männer, deren Hosen übers Knie gerollt sind, bilden in einer Spiegelfläche ein V. Da die Arme an den Leib gezogen sind, stehen die dunklen Sakkos unten leicht ab. Die Gesichter sind verdeckt: die Männer halten ihre Schuhe vor sie. Der Mann, der ein weißes Hemd trägt, hat seine Schuhe vertauscht. Die Sohlen stehen nach außen. Die Schuhe des anderen Mannes geben ein Dreieck frei, dessen Mitte ein Auge bildet. Licht.

Angora

Berühre ich die Katze an meiner Seite mit der Fingerkuppe, so erfolgt das kleine Rasseln. Sie liegt zur Hälfte auf einem Buch. Ihre Vorderpfoten sind angewinkelt. Von Zeit zu Zeit spreizt sie ihre Ballen, zeigt mir die Krallen. Ihren buschigen Schweif leckt sie gewissenhaft. Die gewellten steifen Haare in ihrem Ohr. Ein kleines Tier quert den Haarwirbel.

Verlassenheit

Die Häuser der Stadt nützen mit kleinlauter Gebärde die letzten Licht- und Schattenwürfe dieses Tages. In einem mit Laubbäumen bestandenen Rondell ergehen sich vier übernächtigte Personen auf dem Kies der feinen Art. Der Mops, der eben die Wiese säuert, benötigt wenig Platz. Die mit einer Nylontasche raschelnde alte Frau wechselt auf eine sonnenbeschienene Bank. Mit Hilfe einer bedächtig aufgesetzten Hornbrille beobachtet sie den Zeigerstand ihrer katzengoldenen Armbanduhr. Das Schrittgeräusch eines jungen Mannes verschwindet, als er vom Kies auf den Wiesenstreifen wechselt. Wieder das Rascheln der Nylontasche. Jetzt wankt die alte Frau unter das Blätterdach. Das blonde, geflochtene Haar einer jungen Frau im Trachtenkleid ist ein Sauerzopf. Die Zeitung berichtet vom Tod des sechsundneunzigjährigen ›Adlers von Triest‹. Die kleine Schar, die eben noch lange helle Hölzer in die Krone eines Baumes jenseits des Geheges warf, sitzt jetzt als Dunkelstern in einem sich rasch entfernenden Wagen.

Das schöne Leben

Vermessungen, Orte

Wenn ein Kind in der Nähe der Eisenbahn aufwächst, so bleibt die Eisenbahn immer bei ihm. Nichts von ihr gehört dem Kind. Es hat nur das Passieren, die Lichtschlange in der schlaflosen Nacht, die blauen Blitze auf den Hochleitungen bei Rauhreif. Die Wege der Eisenbahn als erste Unterweisung zur Genauigkeit. Wo das Kind steht, ist einer der Eckpunkte des Dreiecks, das von den Geleisen und den sie in stumpfem Winkel schneidenden Straßen gebildet wird. Ein kleines Straßendorf in einem feuchten Tal mit dem Herbstnebel; im Tal auch ein spärlich beleuchtetes Haus, in dem sich alle Bilder, die das Kind denkt, strahlenförmig bündeln. Der kleine Bahnhof wurde abgerissen. Es gibt jetzt eine Haltestelle. An Stelle der laut klimpernden Bahnschranken (fernes tröstliches Signal im Halbschlaf) gibt es eine zu breite Unterführung, durch die die schnellen Wagen brausen. Der Personenzug, der einmal Bummler genannt wurde, fährt jetzt die Strecke in einem Drittel der Zeit. Es gibt die Lichtschlange, den Nebel, die blauen Blitze.

Fünf Uhr abends

Der junge Mann kommt eben von Geschäften zurück. Wie schnell ist die Stadt. Ein Zug schließt an den anderen an. In den Tunnels erscheint in den entgegenkommenden hellen Zügen jedes der Gesichter für einen verzerrenden Augenblick. Der junge Mann denkt, er fliege über weites, unbewohntes Land.

Der Heuschreck

Sein Leib ist umschlossen von maßgefertigter Rüstung. Er ist der letzte Ritter. Deshalb weicht er (niemand ist seiner würdig) jedem Kampf aus. Im Lauf der Jahrhunderte haben sich seine Kräfte veränderten Bedingungen angepaßt: der größte Teil von ihnen wird aufgebracht zur Versorgung der starken Sprungfedern. In seinem Harnisch wurden zunächst die Augenöffnungen vergessen. Um diesen Mangel auszugleichen, wurde ihm eine Horde Beine dazugegeben. So federte er zwar mühelos und hoch, meist jedoch an unfreundlichen Ort. Bald gab man ihm lange silberne Fühler, die beim Aufprall auf harte Gegenstände knickten. Schließlich hatte man ein Einsehen und ritzte in Augenhöhe zwei Schlitze in den Harnisch. Seine Tüchtigkeit hat seither merklich zugenommen. Am Ende eines warmen Tages landet er auf meiner am Rand der Stadt im hohen Gras ruhenden dunklen Hose. Er bleibt so lange, bis die zunehmende Wärme ihn mit dem kleinen Geräusch über das hohe Gras federt.

Das neue Haus

Vor Tagen wurde das letzte Gerüst beseitigt und es zeichnete sich ab, von welcher Art das neue Haus sein würde. Der blaue Trakt mit den freundlichen Fenstern, den orangen Rollos. An der Decke über dem Eingang wurde ein Fresko angebracht, das diese Klarheit zurücknimmt. Die Möbelwagen, die seit heute früh vorfahren, bringen Schränke, kleine Stühle, einfarbige Tische. Alles wird unter dem Fresko hindurchgetragen. Es ist gewiß, daß die Gegenstände dadurch nicht gewinnen. Die Menschen, die das neue Haus bewohnen werden, tragen große Taschen bei sich. Ihre Kleidung ist schlicht. Jemand beugt sich aus einem Fenster im obersten Stockwerk. Alles wird folgen.

Die Sternwarte

Vor hundert Jahren gab es so wenig Licht in der Stadt, daß die Sternbilder sich wie eine Decke über sie breiteten. Ein quadratisches Gelände wurde zu ihrer Erforschung reserviert. Man pflanzte hohe, dichte Bäume, in der Mitte blieb Platz für ein großes Haus. Das wurde um ein Fernrohr herumgebaut, das Nacht für Nacht die genaue Arbeit tun will. Diese Arbeit ist vorurteilslos genau (das Vorurteil besagt, daß die Arbeit der Nacht Ungenauigkeit ist). In das Fernrohr schauen die Menschen, damit das Sternbild nicht als Decke, sondern als Fluchtweg erscheint. Die Menschen, die die Arbeit des Fernrohrs begleiten, tragen weiße Kittel, damit sie selbst in der Nacht nicht unsichtbar werden. Ist ein Fernrohr in der Stadt, so gibt es die große Stille und das Errechenbare. Die dichten Bäume schützen die in der Nähe Schlafenden vor der zu großen Exaktheit des Lebens. Von der Nacht, in der sie schlafen, dürfen sie in errechneten Einheiten als der Ungenauigkeit träumen. Heute gibt es in der Stadt so viel Licht, daß keiner mehr danach fragt. Die Sternbilder sind nicht Decke und nicht Fluchtweg. Sie sind das verzögerte Zeichen.

Die Blumen

Das Haus, in dem die alte Frau eine kleine Wohnung bewohnt, wird neu gestrichen. Das Gerüst steht schon, und Arbeiter rufen einander von den verschiedenen Etagen aus zu. Die alte Frau steht auf dem Balkon und knickt unter den Blicken der Arbeiter die Stiele ihrer Blumen. Sie werden ja doch alle umkommen, sagt der Vorarbeiter auf der Straße mit dem Kopf im Nacken. Die Hände der alten Frau arbeiten ohne zu zittern. Nichts ist in der Veränderung.

Das Fenster

Auf dem Weg zum Park passiere ich eine Stelle, die mich verlangsamt. Von den Zweigen einer Sommerlinde beschattet, ist es das Fenster eines vornehmen Hauses, in das mein Blick fällt. Neben einem Bücherregal steht eine schmale Lampe. Ich erkenne eine Immergrünpflanze. Aus einem seitlichen Fenster dringt Licht. Dort ist ein Lesestuhl, ein Kästchen aus Glas, eine offene Zimmertür. Ich bin an dem geschützten Ort, als ein Nagetier eine Nuß vom Baum löst, die dicht bei mir auf den Boden schlägt.

Bei Einbruch der Nacht

Ich gehe eine Viertelstunde, um vor ein Fenster zu gelangen, das mich glücklich macht. Ich denke mir dahinter ein Leben, doch es macht mich traurig, daß der, der es lebt – und wäre ich selbst es – nichts von seinem Glück weiß. Das hell erleuchtete Haus steht unweit des Parks, der um diese Zeit geschlossen ist. Wind kommt auf: die Nadeln der Kiefern klimpern. Ich kehre um, gehe den hellen Scheinwerfern entgegen.

Stillestehen

In der Mitte des Herbstes erfaßt den Menschen ein Zustand der Angst, der als Folge des Taumels auftritt. Der Taumel ist Sache des Herbstbeginns. Die Angst setzt angesichts der Verhärtungen ein, die um den Menschen herum geschehen. Es ist die Zeit der erhöhten Bilderproduktion.

Die Natur, die sich, unsicher wie der übernächtige Kellner, der beim Servieren etwas von der Suppe überschwappen läßt, in Farbfesten verausgabt hat, bereitet sich auf ein langwährendes Eckenstehen vor.

Es werden Landkarten ausgebreitet, Linien nachgezogen. Einer spricht von langem Aufenthalt, die anderen schweigen traurig. Zur Bewegung kommt es in den seltensten Fällen. Man wünscht sich Zimmer, in welche die Lähmung nicht dringt. Schließlich bleibt man zu Hause, fährt eines Morgens fröstelnd mit dem Koffer auf den Knien zum Bahnhof, kehrt bald zurück.

Das Geräusch der Schritte

In diesen Tagen wird es früh dunkel. Die Nacht ist so nah. Auch unter tags weicht sie nicht. Ich gehe nachmittags spazieren.
Ich hebe die Beine höher als gewöhnlich, wenn ich durch hohe Blätterhaufen gehe, denn ich habe Angst, es könnten Ausscheidungen von Hunden darin verborgen sein. Bei Einbruch der Nacht verändert sich das Geräusch meiner Schritte. Mein Nachhauseweg führt durch eine hohle Gasse. Ich drehe mich mehrmals um, nicht weil ich mich verfolgt fühle, sondern weil ich wissen will, was ich zurücklasse.
Es ist zu früh, um nach Hause zu kommen. Die Dunkelheit macht einen Narren aus mir.

Die sich kreuzenden Linien

An einem anderen Tag betreten drei schlagende Herzen den Park: im Kinderwagen jemand, der gerade seine ersten Schritte tat, dann: eine sterbende alte Frau, ein sterbender Hund. Zwei große russische Raben ziehen ein Flugfeld. Die Räder des Kinderwagens ziehen sechs Rillen in den feinkörnigen Kies. Manche Blätter haben sich nach ihnen ausgerichtet. Jetzt sehe ich die Stelle, an der sich das aus dem Wagen gehobene Kind niedersetzte, die Arme von sich streckte; mit Hilfe der alten Frau mühsam auf die Beine kam; sich an einer anderen Stelle erneut niedersetzte. Eine auf einer Bank liegengebliebene Zeitung wird vom Wind aufgeschlagen und davongetragen. Ein Wagen fährt vorbei, ohne daß ein Lenker zu sehen wäre. Das Blaugrau einer im oberen Drittel abgesägten Weißtanne. Jetzt das Rot-Grün-Gelb einer Sommerlinde. Ein weißer Hund mit schwarzem Augenpunkt hört auf den Namen Clarissa. Die Sonnenflecken im Blattwerk einer noch grünen Esche. Ein letztes Blatt auf einem jungen Ahornbaum (Erinnerung an einen Film, in dem der Held sterben mußte, als das letzte Blatt des Baumes vor seinem Fenster fiel). Der rote Busch neben dem schräg hängenden Papierkorb. Ein Taubenpaar verdunkelte kurz den Lichtwurf. Das Knarren der Schuhe eines die Hände auf dem Rücken verschränkenden Mannes. Ich muß seine Schuhe betrachten, die aus der Zeit vor meiner Geburt stammen. Hinter mir muß ein anderer etwas betrachten: der Mann mit den auf die gleiche Weise verschränkten Armen starrt lange auf die Zwillingsreifen eines Lastwagens. Als ich eine Entsprechung zwischen den beiden Spaziergängern und den Zwillingsreifen zu sehen beginne, sinkt die Sonne hinter das große Haus; stößt ein Schott Krähen in den Wald; passiert der Mann mit den knarrenden Schuhen die Stelle, an der sein Ebenbild zur Betrachtung der Reifen innehielt; hebt der zottlige Hund aus dem Film mit den frischen Menschen gelangweilt den Kopf.

Ferne der Erzeuger

In manchen Geschäften, besonders in Bäckereien, gebricht es an Wörtern. Wie isolierte Röhren stehen Verkäufer und Interessierte einander gegenüber. Unbenennbare Süßspeisen verschwinden in Papiertüten, wohnen still unter ordentlich gefalteten Ecken, in kleinen Wohnungen. Unbeliebt sind besonders leise sprechende Kunden. Sie finden in den Papiertüten nie das Gewünschte.
Unauffindbarkeit der Zuckerbäcker. Alleinige Präsenz der Verkäufer. Niemand weiß, wovon sich die Menschen ernähren.

Der Tempel

Einer der Fische öffnet und schließt den Mund an immer derselben Stelle des Glasgefäßes. Dieser und die anderen leuchten in mehreren Farben. Nur einer, der größte unter ihnen, trägt allein das dunkle Braun. Es ist der Grundbewohner. Er versucht immer wieder, von den Pflanzen zu fressen. Die anderen Fische sind ein wenig gleichgültiger. Der große dunkle Fisch ist nicht ihr Freund, aber sie fürchten ihn auch nicht. Wie ein Buchstabe (vielleicht ein stummes h) steht der Hellste unter ihnen im Wasser.

Die gläsernen Perlen steigen vom bunten Tempel auf. Die Säulen sind ein wenig überproportioniert. Vielleicht erklärt sich die Unruhe der Fische aus der Unwissenheit über die Bestimmung des Tempels. Sie scheinen nahe daran zu begreifen, daß das unbrauchbare Gebäude als Behausung der Fische nur für die Augen der Besucher des Restaurants bestimmt ist.

Die Baritone

Ein Holzstab, von zwei Fingern in stumpfem Winkel über einen waldnahen Wiesenstreifen gehalten, ist ein Leichtflieger. Es sind zwei Stäbe: von Daumen und Zeigefinger der rechten Hand des Mannes schräg nach oben gehalten der eine, von Ringfinger und kleinem Finger der rechten Hand der springenden Frau leicht abwärts geneigt gehalten der andere. Der linke Arm der Frau ist waagrecht gehalten. Ihre Beinstellung verrät, daß sie so nur einen Augenblick stehen kann. Der sichtbare Teil des angewinkelten linken Beines des Mannes bildet mit dem waagrecht gehaltenen Arm der Frau *eine* Linie. Unter dem Schutz des in die Gegenrichtung abstehenden Sakkos des Mannes schnuppert ein die Beine gegeneinander verstellender Terrier.

Das andere Paar: Die Frau mit der hellen Bluse hält das rechte Bein des Mannes im grauen Überzieher nach oben; in ihrer anderen Hand geschieht die kleine Ausgleichsbewegung. An der geschlossenen Beinstellung der Frau ist der Schutz erkennbar, in dem sie steht. Ihr Gesicht darf leuchten. Die geschlossenen Augen müssen nichts bezeugen. Sie trägt ein Halstuch. Die Augen des Mannes, dessen Schwerpunkt in ihren Händen liegt, sind geschlossen. Unter dem angehobenen Bein ist das Futter des Überziehers erkennbar. Der Mund ist vielleicht zum Erzeugen von Tönen geöffnet (bei den Mündern der anderen ist es Aufmerksamkeit). Ein schwarzer Hut, rechts. Zwei Eschen im Hintergrund, rechts. Spitzdächer, links davon. Hohes Gras, im Wind. Gibt es Schmetterlingsflug? Was ist geschehen?

Klärung

Die Tage sind anders, seit die laut tickende Uhr in der Küche steht. Diesen Vormittag sind die Straßen hell wie nachts im Licht der Laternen. In den Auslagen leuchten Neonlichter. Die Wagen und Autobusse, die Lieferwagen und Transporter sind auf Spielzeugformat geschrumpft. Unter dem Schirm einer Nachbarin komme ich zur Bäckerei. (Auf dem Nachhauseweg bemerke ich die großen Regentropfen auf der Schulter.)
An der Straße stehen zwei in ihrem Schwarz leuchtende Kaminkehrer, aus ihrer Zeit gefallen. Am meisten verblüfft mich die Selbstverständlichkeit, mit der sie dort stehen, als sage ihnen diese Ecke etwas.

Liebe

Sie trägt einen dunklen Badeanzug (1928). Wie hell sich dagegen die Beine, das Gesicht abheben. Ihr Blick ist der Blick des Schläfers im Tal. Licht dringt ein: ein großes Fenster ist es, hinter dem möglicherweise das Meer endet. Das Teil eines Spiegels: eine gespiegelte Leiste. Eine zweite Leiste, fast gänzlich verdeckt.

Das meiste Licht des Tages liegt auf dem hellen Hemd des Mannes. Die Falten seiner Hose (nach hinten geht sie in das Dunkel des Zimmers über). Es gibt Sonnenflecken in seinem Haar. Seine linke Hand hält eine gläserne Palette. Er trägt karierte Hausschuhe. Der Pinsel des Malers hält nahe dem nackten Oberarm der Frau inne. Ein Leuchten ist um ihren nackten Hals. Ein Bein ist ein wenig zurückgestellt.

Die Arbeiten

Der auf meiner Fingerkuppe sitzende Marienkäfer prüft und säubert sorgfältig die Flügel und die Beine, ehe er die andere kleine Arbeit beginnt: die Beine spreizt, die Flügel öffnet, fliegt; im welken Gras die größere Arbeit des Landens unternimmt.
Am Fuß des Hügels lärmt die Novemberstadt.

Sieben Uhr morgens

Wie zittert die Stadt. E. kauft eilig das frische Brot und ist bald bei mir. Mein Leib zittert: er hat im Schlaf nicht aufgehört, der unglücklich Wartende zu sein. Langsam heben sich die lange übersehenen Fotografien aus dem Morgengrauen.

Die Stadt

Der versteifte Schwanz der Katze berührt das über die beiden Pflöcke geworfene kleine Fischernetz. Die Spiegelungen der zweiteiligen grünen Fensterläden auf dem unbewegten Wasser. Die Kamine mit den vergrößerten Aufsätzen. Das rotweiße Spiralenmuster mit dem hellblauen Abschlußstück an den Holzpflöcken vor dem Palast. Zwischen Hügel und Stadt zwei Bahngeleise. Der vordere Teil eines roten Zuges lugt hinter dem ersten Haus hervor, an das ein kleiner Schuppen mit Dachterrasse angebaut ist. Drei Holzbalken sind an das Dach des Schuppens gelehnt. Zum Hügel hin ist die Dachterrasse mit Zistrosen und mehreren Immergrünpflanzen bewachsen. Der versteifte Schwanz der Katze berührt noch immer das kleine Fischernetz. An einen Pflock an der Ecke des Hauses ist ein sehr kleines Ruderboot gebunden. Auf dem Kanal liegt bewegungslos ein großes Ausflugsboot. Die Augen des bewegungslosen Steuermannes sind starr. Auf dem Hügel steht die Tempelruine. An ihrer Rückseite zwei Agaven, deren höhere Spitze bis zur Horizontlinie der blauen Hügelkette reicht. Das Wasser des Kanals gestattet die einfache Spiegelung. Im Morgengrauen verliert das Modell der Stadt die Beständigkeit. Die kleine Veränderung der Formen, die dann passiert, verbietet bis zur Mittagsstunde jede Bewegung.

Die Umwege

Beim Verlassen des Hauses bemerke ich an der kleinen Streifbewegung unter dem Schuh, daß ich einen der Wollhandschuhe verlor. Auf der hellen Straße gehe ich mit eingezogenen Schultern. An der Baustelle innehaltend erinnere ich mich, daß ich von je her in die Gruben blickte, den Männern bei der Arbeit auf den Gerüsten zusah.
Rasch ziehen Wolken über dem neuen Haus. Die sich kreuzenden Geraden der beiden Baukräne. An den langen Seilen werden Hausteile herabgesenkt. Bei Einbruch der Dämmerung leuchten lange Zeit die gelben Schutzhelme der Arbeiter. In einem anderen Teil der Stadt rieche ich in einem Stiegenhaus (es gehört mir nicht) den Tannengeruch. Vom Fenster im ersten Stock aus sehe ich im bewachsenen Hinterhof die Adventkränze. Jetzt denke ich die Baustelle im Flutlicht der Scheinwerfer an den beiden Kränen. Die Kräne drehen sich nicht mehr. Mit dem feinen Surren der Kabelrollen senken sich die Teile in die Grube. Im Gegenlicht sehe ich ein Blitzen auf dem für einen Augenblick farblosen Helm eines Arbeiters.

Das Leben zeichnet

Nach der langen Krankheit gehe ich unter die Menschen. Die Beine gehorchen kaum. Wie fremd sind die Stimmen. In den Gesichtern erkenne ich errötend das Fremde, das ich ganz vergaß: es muß das Menschliche sein. Das Leiden in den Gesichtern der Menschen kommt von den Orten, an denen zu sein sie genötigt werden. Sie sehen aus, als wollten sie sagen, daß sie selig wären, wenn sie nur, wie ich, ein paar Tage zu Hause sein dürften. Ich möchte aufstehen und zu ihnen sprechen. Ich möchte ihnen sagen, daß sie sich irren, daß der Betrug der Orte anderer Art ist. Das, was sie dann von sich weisen würden, um es gleich zu vergessen, ist der unverwertbare Rest, der in allen Dingen und Entsprechungen haust und das Leben zeichnet.

Sie trägt das Modell eines Hauses

Das kleine Schrittgeräusch in einer unterirdischen Passage. Eine junge Frau trägt in Schulterhöhe das Modell eines Hauses, wendet das Gesicht zu Boden. Das kleine Modell aus Balserholz besitzt bogenförmige Verstrebungen, möglicherweise unvollendete hängende Gärten, Lichthallen. Die Passage: der schwarze Lackboden, das Neonlicht sind für einen Augenblick Flugschneise für kleine Tiere und Gegenstände der anderen Art.
Die junge Frau: weiß sie, daß sie in Eile ist?
Das Haus: es erleuchtet, getragen von einer, die bereit ist, sich zum Zeichen zu verkleinern, diesen Tag.

Der Elefantenbaum

Sein richtiger Name ist mir unbekannt, man erkennt ihn am Grau seiner weitausladenden Äste, das er mit den schönsten Exemplaren des indischen Elefanten teilt. Der dickste, waagrecht abstehende Ast bildet den Rüssel des Tiers, deutlich sind Auge und Backenwölbung zu erkennen.
Anders als andere Elefanten hat dieses Tier viele Ohren. Spärlich wachsen sie selbst an der Spitze eines der beiden Stoßzähne. Im übrigen klappern sie in dieser rauhen Vormittagsbrise hell und dunkel zu tausenden am Ende der Äste. Überwiegt, von unten besehen, die dunkelgrüne Seite der Blätter, so finden sich in dem Patio, in dem die vier heiligen Bäume stehen, ungestört einen Vormittag lang die Liebenden der Stadt ein. Ihre kleine Arbeit der Berührung muß beendet sein, wenn (unbekannt, aus welchem Grund) die helle Seite der Blätter vorherrscht. Dann ist der Patio leer und es finden sich bald, um das Denkmal der Gefallenen des Seekriegs, die Alten und Kranken zum Gespräch ein, das bis zum Abend währt.

Um elf

Die Skulpturen auf dem Brunnen im kleinen Atrium, das wochentags für den Markt genutzt wird, sind von Sandstein und Moos überwachsen. Ganz oben ragt die Spitze eines Wasserschlauches hervor, wie er von einem wenig wirksamen Löschfahrzeug verwendet werden könnte. Das Schwert des Schwertfisches, der an einem Stand in der Mitte der Straße angeboten wird, die zum Porto Piccolo führt, mißt einen Meter. Die drei dunklen Männer, die Thunfische, Seehechte, Krabben und lebende Aale zum Verkauf anbieten, führen die lautesten Stimmen (manchmal, wenn einer von ihnen nachläßt, werden sie von dem Orangenverkäufer übertönt, dessen Stimme ihren Träger selbstlos verkleinert und die Früchte gewichtiger macht).
Der Mund einer der drei weiblichen Skulpturen, deren Körper vom Hals abwärts von Sandstein und Moos überwachsen sind, ist zu einem Lächeln geöffnet. Nach Schließung des Marktes wächst das kleine Plätschern des Brunnens als Pflanze in den Säulengängen des Atriums.

Segel, Wasser, Augen

Wie kann zuallererst der Schlüssel gefunden werden zu dem, was eine längsseits an der Hafenmauer vertäute zweimastige Segeljacht ist, mit einem schlafenden Mann auf dem eingeholten Großsegel und drei weiteren Dösenden am Heck? Der auf dem Großsegel Schlafende: kann aus der Anerkennung, die er von den Hafenspaziergängern erntet, keinen Nutzen ziehen: er zieht die Schirmmütze ins Gesicht und verschläft den Augenblick der Erfüllung).
An einem anderen Tag treibt der Segler in der Bucht. Das Großsegel wird gesetzt (es hat den Anschein, als sei eine Feder nicht genügend gespannt, um den Rollbügel in Kreisbewegung zu versetzen). In dem Augenblick, da das Boot in den Wind gelegt wird, schießt – anders war es unter dem Schlafenden beschaffen – der versammelte Wind in das Großsegel. Der Weg des Bootes ins offene Meer ähnelt dem nervösen Benehmen eines Menschen, der einen unbekannten Stoff zu sich nimmt, die Wirkung erwartet. (Ein guter Tag für die Abreise: das Stampfen des im Wind liegenden Seglers, die Wasserspiegelung. Eine einzelne silberne Wolke über dem Hinterland von Fonte Ciane.)

Abendgesellschaft

Ausgerüstet für die Dinge der verschiedenen Art, lieben es die Wesen, den kleinen Behältnissen, die sie zu den vielen Zwecken an ihrem Leib tragen, die verschiedenen Namen zu geben. Je höher die Wesen sich selbst und die Welt schätzen, desto geringer ist die Anzahl der Behältnisse, mit denen sie sich vergrößern. Es gibt Stoffe, die sind durch eine freundliche, aber bestimmte Betreuung zu Härte und Faltenwurf zu bringen. Andere Stoffe werden durch langwährende Verfahren zu großer Milde und Gefügigkeit gebracht. Sie werden von beiden Geschlechtern der Wesen (es gibt nur zwei) geschätzt und unterschiedlich gehandhabt. Für die einen bilden sie oft die Ganzkörperbekleidung, die anderen wagen weniger (oder sind genügsamer) und beschränken sich auf das Revier des Halses. Allen Arten von Stoffen ist eines gemeinsam: sie haben ihren Zweck außer sich selbst. Der intime Gebrauch des Leichenmaterials der Sätze zusammen mit den flüssigen Stoffen ist es, was bei den Wesen in hohem Ansehen steht. Um sich in diesem Gebrauch zu üben, treffen die Wesen einander zur gleichen Stunde an den vielen Orten.

Patio

Wenn der kleine Vogel (vielleicht ist er der Sänger, der eben noch die Harrenden entrückte) aus dem Gebüsch auf die kleine Mauer springt, sind die beiden steifen Beine und die nachzitternde Schwanzfeder die eine freudige Groteske vervollkommenden Elemente.
Von den beiden Seitenwänden fällt dicht ein Schlinggewächs. Von den achtzehn grünen Laternen tragen nur sieben die weiße Kugel. Manche der anderen haben noch einen Teil des weißen Glases, der Rest ist weggeschlagen. Der Sockel der meerwärts gerichteten Büste eines hohen Offiziers weist an allen Seiten vielfarbige wirre Inschriften auf. Die graue Tigerkatze liegt gestreckt in der dem kleinen Luftwirbel einen Staubfächer hinzugebenden trokkenen Erde. Wenn ihr Leib sich nach der Längsachse dreht (die im Wohlgefühl federnden Beine), erhöht die neben ihr wachende braun-grau-gelbfarbene Katze ihre Aufmerksamkeit (das Blitzen der im Spätnachmittagslicht gewendeten Augen). Später sieht der Harrende die beiden durch ein Zistrosengebüsch streichen.
Nachmittags verebbt der Wind, und unter den Kronen der vier alten Fici blinkt es vom stillen Wasser herüber. Jetzt ist das Licht bis zur Hügelkette jenseits der Bucht offen und es leuchten die innigen Farben. Als im Hafen Preßlufthammergetöse an-

hebt, lassen die alten Bäume ihre Luftwurzeln hängen und erwarten geduldig den Abend.
Nach Sonnenuntergang springt ein hechelnder Hund zwischen die ein schmales Zeilengeflecht werfenden Bänke.

Das Dichte

Wenn im Winter der hohe Schnee in der Stadt ist, gehe ich langsamer meiner Wege. In den Schaufenstern erkenne ich den rundesten Rücken als den meinen (wegen der Kälte sind die Schultern hochgezogen, ist das Kinn gegen die Brust gepreßt). Den Entgegenkommenden weiche ich in die hohen Schneehaufen aus (ich habe gutes Schuhwerk). Manchmal nimmt der Atemnebel der Menschen die Gestalt eines Bekannten an, den ich lange Zeit nicht sah. Selten sind es rasch wachsende Bäume, Wolkenflug, Astgabelgekreuze.
Abends gehe ich die schnellen Schritte nach Hause. Aus einer Seitenstraße erreicht mich ein Lichtstrahl. Ich bin an dem anderen Ort, sehe mich ein Wegkreuz passieren.

Zimmer

Bei geschlossenen Rollvorhängen trete ich in das dunkle Zimmer. Ich kreuze das Streifenmuster, das die Hoflaterne auf den Leistenbogen zeichnet. Die Fenster im Bauch des Teewärmers leuchten dunkelrot wie die Augen des großen grinsenden Kürbis, in den der Bruder eine Kerze gestellt hat, als ein freundlich-schauerliches Zeichen (vergessener Brauch der Landkinder: das Von-Haus-zu-Haus-Ziehen mit erleuchtetem ausgehöhltem Kürbis bei Sommerende). Zeigen die sich wiederholenden Lichtmale auf dem Glastisch eine nächtliche Flußfahrt? Wie ein ungelenkes Möbelstück die Schattenverlängerung der übereinandergeworfenen Beine des unbewegt Sitzenden. Dort, in der Verlängerung der Lichtgeraden, muß die Bibliothek beginnen. In der Nähe der Truhe steht ein Paar leichte Schuhe mit hellem Innenleder. Der Schatten der Ferse des Sitzenden berührt den Schatten des Beines des Tisches. Ein bogenförmiger Wandspiegel zeigt den Feuerfunken.

Die Kapsel

Die kleine Pinienkapsel, die ich verschlossen aus S. hierher brachte, springt auf, ihre Landteile sprengen auseinander wie trockene Erde, und die kleinen unentwickelten Nüsse (sie tragen noch die zu große Schutzhaut) liegen verstreut auf dem Tisch. Die Oberfläche hat die phosphoreszierende Beschaffenheit des mit Sauerstoff in Berührung gekommenen Mondgesteins angenommen. Die einzelnen Teile zeigen mit ihren Furchen und Fältelungen den Prozeß der Verschiebung und Verkleinerung. An der Oberseite der Kapsel haben sich vier kleine Wölbungen gebildet, den Höckern der Dromedare nicht unähnlich. Sie werden von einer feinen Linie durchtrennt, die die Stelle angibt, an der die Spitze zugleich hervorbrechen und spleißen wird. Im Innern der Kapsel ist ein wie von genauer Kinderhand gemaltes deckweißfarbenes Strichmuster erkennbar. Den rostbraunen Schluchten des harten Körpers der Kapsel entströmt ein zunehmender Geruch.

Englischer Fluß

Warum englisch? Die backsteinerne Eisenbahnbrücke mit den Rundbogenpfeilern. Ein dunkelfarbiges Fabrikgebäude (Schemen von Apparaturen, vielleicht Laborgerät, hinter den trüben Fenstern) paßt sich in den Rundbogen ein. Im Vordergrund rechts, den Bogen durchtrennend, das flußnahe Teil eines graugeregneten Fertigteilhauses. (Der Fundamentsockel reicht bis an die Uferböschung.) Wenige Schritte oberhalb dieser Stelle hat sich Schwemmmaterial festgehakt: querstehende dünne Äste stauen das seichte Wasser, halten Blätter und Unrat zurück. An der Unterseite der kleinen Blockade bilden sich Wirbel, kleine Stromschnellen, unruhiges Wasser, das die Wasservögel meiden. Das erste Drittel des ruhig gestauten Wassers nahe der Uferböschung liegt im dunklen Schattengrund des Fertigteilhauses. Gegen die Rundbogenpfeiler der Eisenbahnbrücke hin klärt sich der Flußlauf und es schimmert in ihm der Wechsel von Licht und Schatten. Hinter den hohen Randbogenpfeilern quert den Fluß eine niedere Brücke. Unter ihrem Bogen scheint das Wasser stillezustehen, einzelne Sträucher reichen weit über die Böschung in den Fluß, verlangsamen das ganze Bild. Es ist, als lege der in der Ferne über moosbewachsene niedere Dächer ragende Schlot Zeugnis ab von dem Lauf, den der Fluß weiterhin nimmt. Jetzt erst fällt der Blick auf den schmalen

Bügel, der über die backsteinerne Eisenbahnbrücke reicht. Jetzt erst ersteht die schmale Fensterreihe zwischen dem dunklen Fabriksgebäude und dem Rundbogenpfeiler. Jetzt erst ist es, als wären die kleinen in der Nähe der Brücke treibenden Astbündel ein schnatterndes Entenpaar. Und das im gestauten Wasser gespiegelte Bild des Hibiscusstrauchs an der Uferböschung entstammt einem klareren Grund.

Wahrsagerinnen

Aus der Asche der seitlich liegenden Pfeife, aus dem von feinen hellen Linien durchbrochenen Dunkelgrund des Tisches lesen sie mit den verkleinerten Augen. Ganz nahe sind die vier Augen der Tischplatte, eine Stirn ist offen, das Haar seitlich gelegt, eine andere vom glatten dunklen Haar verschlossen, es gibt den Dreispitz einer Lücke, die lichtabgewandte Seite der Nase, die Verzögerung am unteren Lidrand. Über den sich vertiefenden Köpfen das dunkelschimmernde Oberteil eines Ofens mit erhöhtem Drehstern, auf der Kommode zwei sich einander zuneigende Krüge, eine Bauchflasche, eine quadratische Kiste. Darüber hängt, ohne daß eine Leine zu sehen wäre, ein in feine Quadrate unterteiltes Tuch (ein Ofentuch? ein Handtuch?), das einen vergößerten Schatten wirft.

Lösung

Eine in den Zustand der Fäulnis übergehende Orange sondert keineswegs, wie andere Stoffe, den Geruch der Verwesung ab. Während diese ihre Zersetzung eindringlich mitzuteilen verlangen, läßt es sich die Orange zu dem Zeitpunkt, da es ihr von Rechts wegen am schlechtesten geht, in den Sinn kommen, sich mit überströmender Süße zu durchtränken, die aller Ordnung ein Ende macht. Der bereitwilligen Aufgabe ihrer Struktur entspricht nach allen Seiten ein Weicherwerden, in der Umgebung des Fäulnisherdes ein Aufquellen, das eine Herde weißer Punkte, den Pilz, den Schimmel zutage fördert, schließlich das Einsacken der Außenhaut, bald darauf das Auflösen der ganzen Frucht in Unrat. Von Anfang an liegt eine Verstärkung der Süße des Geruchs vor, am dichtesten ist die Süße nach Erscheinen des Pilzes, des Schimmels. Gegen Ende, wenn dies alles der lösenden Verdünnung, dem Matsch und dem Brei entgegenstürzt, kippt auch der Geruch um, und der aufgebrochenen Frucht entströmt eine säuerliche Pest.

Taxi

Wie zittern die Hände des alten Mannes, der den Wagen wendet. Er trägt einen dunklen seidenen Anzug, die Gelenke der schmalen Finger sind verbreitert. Er dreht den Kopf (die Brille sitzt schief). Dann sagt er, ganz in der Nähe meines Zieles wohne seine Tochter (es ist tiefe Nacht, gewiß schläft die, von der er spricht). Der alte Mann fährt langsam und unsicher. Von denen, die zu beiden Seiten an uns vorbeibrausen, sagt er nichts Gutes. Mit dem Funkgerät kommt er nicht zurecht. Spricht er in das kleine Mikrofon, so ist der fahrende Wagen in Gefahr. Freundlich wünscht er mir eine gute Nacht, fährt stotternd in die seine davon.

Eintritt in die Schauspielerei

Einmal ist der Rücken eines Menschen ein Streichholz, ein andermal hat er die Form einer Taube. Es gibt Stufen der Drehung, in denen sich jede bestimmte Anzahl verliert. Leicht sind die Behältnisse zu öffnen, die die reservierten Leben bergen (Ungemäßheit des stetigen Wechsels, Unerträglichkeit versäumter Änderung). Leben werden auch getragen als ein Gewand, ein Überzieher, ein warmer Rock. Im Augenblick, da man sich dergleichen entledigt, zerspringt an einem anderen Ort der Welt ein lange gehütetes Tongefäß. Ein Totgeglaubter öffnet die Tür eines Hauses, kehrt zurück.

Das Haus auf dem Hügel

In den leeren unteren Räumen, in denen es keinen Fußboden gibt, steht ein dickes pralles Schwarz. An den Ziegelwänden steht alles, was war: nichts. In den oberen Räumen zieht ein Luftzug durch die Fugen der geschlossenen Läden. Die schmalen einfallenden Lichtstrahlen sind geschlossene Fächer, die in Gefangenschaft das Blumengesteck hervorbringen. Die Wände des abgelebten Hauses sind dünn von den Leben, die durch es hindurchgingen. Jede der Wölbungen in seinem Mauerwerk rührt von einem der Köpfe her. Am Fuß, wo die Last der Jahre zusammengesunken ist, verdicken sich die Mauern. Das Haus wird nicht einstürzen, es wird sich zu einem kniehohen Ring verflüssigen, der nachts phosphoreszierendes Licht abstrahlt.

Kardiogramm eines Engels

Neun verschieden breite Metallstreifen, von denen sich je drei in gleicher Breite wiederholen, an den Enden und im Mittelteil die schmalsten. Das Licht auf den Metallstreifen kann in keinem Augenblick das gleiche sein, zu leicht sind die kleinen vibrierenden Teile. Alles ist das Begreifen der gleichbleibenden Idee der Transformation (daß der Engel nicht dem Ende gehört, nur die eine Erregung kennt, ist Schicksallosigkeit *und* Einmal-mit-den-Beinen-die-Erde-berühren-Wollen). Es bleibt: das Bild, das das bildlose Wesen nicht sieht (es ist das Schwerste, in die reinere Lust zu folgen). Die stumme Welt bricht sich an der Idee des Stummen.

Das Leben der Katzen

Für die ein- und mehrfarbigen Genauigkeitswesen gibt es Orte, die das Aufsetzen der Pfoten belohnen. Andere Orte verlangen von den Pfoten das stürzende Spiel, die Hast, das Öffentlichmachen der Krallen.
Die veränderte Landschaft (als Gründe kommen in Frage: der Wechsel der Jahreszeiten, die Verschiebung von Gebälk, die Reise, die Erregtheit) bedeutet so oft das Spitzen des Munds, das Barthaargefühl, das Schließen der Augen. Meist ist, wo das genaue Wesen hintritt, ein Aufmerksamkeitsort, wo auch gleich die Verbindung geschieht (die trockene Erde *und* die müden Augen, das sperrige Fußholz *und* das frischgeputzte Fell, das kollernde Blatt *und* die im Sprung gebogenen Barthaare). In der Müdigkeit bedeutet der weiche Bogen der Katze die Geste des leuchtenden Fabeltiers.

Sonntag

Die Instrumente, die sonst für die Arbeit an Gegenständen Verwendung finden, setzen ihre Arbeit ohne Wirksamkeit fort (der sich im Leeren drehende Kreisel). Wagentüren werden geöffnet und zugeschlagen, ohne daß sich Bestimmtes ergäbe. Beim ersten Schritt vor die Tür erfolgt der Blick nach oben, die kleine Nasenstörung. Der Ausgang, das Parken der Wagen, das Köpfezuwenden geschieht auf Verdacht (es geschieht nichts anderes). Der Aufenthalt unter Bäumen ist an die diskreten Ausscheidungen der Vögel denken. Zusammenstehende Gruppen betrachten diesen Tag als den ihren. Die alte Frau an der Krücke, der voranzottelnde Hund sind die Lücke, das Zeichen für die Kronen der Bäume, der Beschluß der Tageshelle. Dann das vom Ende des Parks herüberweinende Kind.

Frühstück bei Fred

Freunde, für die es abends zu spät ist, nach Hause zu gehen, treffen verspätet in den unteren Räumen ein. Die Bewohner des Hauses tun schon die gastlichen Griffe (Unverwechselbarkeitscode des Kaffees). Während Licht in Hinterhoffenster fällt, werden die kleinen Einheiten des Genusses gereicht: von den Früchten, von kundig gebackenem Brot, Weiches, das süßend sich in jedes Element fügt. Man gibt Cembalo (ohne Cembalo), nicht sehr laut. Die Münder werden bewegt und der Schmetterling des Schlafs entweicht aus den Seelen. Wenn die Sonne am höchsten steht, zerstäuben die Geladenen geduckt und gedankenlos in ihre kühlen Orte.

Schule

Die Biegung der um die Schultaschen gelegten Arme ermöglicht unauffälliges Gehen in der Schräglage. Die Schlotterhose dekoriert jedes Bein, wie sie will. Zusammenstehen zweier Personen (die federnden Knie, die eine Hand in der Hosentasche, die hohe Schulter) bedeutet Verschiedenes für mehrere Augenpaare. Weil es keinen Ort des Geschütztseins gibt, muß alles am Leib getragen werden: die Ausweichbeine, die Vorsichtshände, das indirekte Gesicht, die Sandalen, das Straßenstreifen, die Vorsicht vor dem Schneeball, das ungeliebte Haar, die ähnliche Sprache. Das Verlorensein geht diesen Weg: gemeinsames Gehen, Taschentragen, mit dem Verlust allein, sich bücken nach einem Tuch, Gruß in undeutlicher Sprache, Tasche ins Eck, Alleinsein, das Krachen der Züge vom Verschubbahnhof, bis zum Regen kommt es nicht, nichts weiter.

Der andere Hunger

In den engen Räumen verzehren ältere Damen die trägen Einheiten. Dazu geschehen die Zangengeräusche der Münder, das Nippen an den zähen Flüssigkeiten. Abbildungen von Abwesenden werden in der Runde gereicht, dabei verschwinden die trägen Einheiten in den Kauöffnungen. Diese Art des Verzehrs entspricht einer wilden anhaltenden Traurigkeit, die Hutband und Handgelenk umspielt.

Ein anderer Hunger ist dies: in der Hälfte des Nachmittags eilen Kinderfüße über Treppen, springen kurz darauf torwärts. Das dunkle Brot mit dem Zusatz wird auf der Straße, vor dem Haustor schräg vom Rad hängend, verzehrt. Es gibt leuchtendes Sprechen, Schnelligkeit, die ausgebeulte Backe, an der Jacke den Geruch des Regens.

Ein Zimmer, das mir nicht gehört

Mit Anweisungen zur Fortsetzung des Lebens teile ich den Platz auf der Stoffcouch. Die Couch ist häßlich (einmal muß es gesagt sein). Der kleine Cassettenrecorder auf dem Holztischchen hat es bei mir nicht gut. Ich benütze ihn nie, und traurig ergibt er sich dem Staub. Man kann sagen, das andere Kästchen, das Telefon, wird bevorzugt, und es ist das Kästchen, in dem sich die murmelnden Stimmen kreuzen. Ein Vermummter kreuzt den Weg eines anderen Vermummten, manchmal ein Augenaufschlag, immer Verfehlung. Es vergeht ein Tag mit dem Leben der Verfehlung. Andere Tage vergehen, an denen ich die Genauigkeit wissen will, mit der sie zur Ungenauigkeit zwingt.

Reise

Die unbeobachtete Veränderung der Dinge: erst ihre Unbrauchbarkeit macht sie zu wirklichen Dingen (das dicke Telefonbuch einer Stadt, in der es niemanden anzurufen gibt, ist ein Würfel ohne Augenpunkt).
Das anders benannte Glas Wasser gehört einem anderen Leben.
Wie wichtig werden Bügelfalten, die Spitzkehre im Schlafwagen, javanesischer Schmuck, Geruchsbestäubung, Aussicht auf dunkle Ebene, das Haus auf dem Hügel, Zurücktreten vor Blumengesteck, Westindische Nachspeise.

Eigenes Haus

Die kleine Holzhütte auf dem Baum gleich bei der Einfahrt: Kinderbau (es gibt ein fehlendes Leben, das im Haus nicht erfüllt werden kann). Die von dort oben sondierte Welt steht auf einem Bein, das auf dem Rücken einer Schildkröte steht, die auf dem Rücken eines Esels hockt, der auf einer Glaskugel balanciert. Das Rollgeräusch passierender Wagen ist hinter dem kleinen Fenster Erschütterung und Flutwelle (vor ihr rettet die Höhe des Stammes). Nach Stunden im Baumzimmer ist alles auf das nötige Maß verkleinert, und beim Abendbrot im Haus rutscht das Kind hin und her, weil es den überzähligen Raum nicht verstehen kann.

Inhalt

Das schöne Leben